JN326013

シルバー川柳 特別編

ジジィ川柳

毒蝮三太夫
＋
みやぎシルバーネット
河出書房新社編集部

はじめに

本書は宮城県仙台市の高齢者向けフリーペーパー『みやぎシルバーネット』、及び小社編集部に寄せられた、60〜90歳代のリアル・シルバーの男性からの投稿川柳（「ジジィ川柳」と愛情を込めて命名）の傑作選です。

平成26年に刊行、大好評を頂いている『シルバー川柳特別編　バパァ川柳』と同様に、小社の『シルバー川柳』シリーズを第1巻からずっと応援し続けてくださっている毒蝮三太夫さんに、今回も川柳の一口コメントを編集部からお願いしました。マムちゃんの毒舌の裏に込められた同じジジィとしての「一緒に頑張って行こうぜ！」という熱きジジィたちへの応援コメントもあわせてお愉しみいただければ幸いです。

河出書房新社　「シルバー川柳」編集部

シルバー川柳ファンの皆さん、ババァ川柳に続いて
ジジィ川柳も出ました！　毒蝮三太夫です。

高齢者　ババァは弾ける　ジジィはいじける　（毒蝮三太夫）

「ジジィ川柳」と編集部から依頼があった時、俺は当然、**来るべきものが来た**、と思ったね。ようやく、ジジィの時代が来るんだって。

30〜40代の頃、俺は日テレで「おばあちゃん演芸大会」の司会をしていた。当時から、人前に出てくるのは〝おばあちゃん〟。いまや、テレビもラジオも、高齢者＝ババァ。どんなスポーツも女性の出番が増えたよね。**なのに男しか出て来ねぇのは、今じゃ、相撲くらいじゃねぇのかい**。ジジィも長生きする時代になったが、ポツリポツリと孤立していて元気がない、特にリタイヤ後はね。このままいったら埋没しちまうんじゃないかと心配していたんだ。

俺たちジジィが詠む川柳は、ジジィたちが一歩前へ出る〝きっかけ〟にもなるよね。

まさに「福音（ふくいん）」。

ババァに怯えているジジィも多いけれど、黙って俺について来いっていうジジィはもっとだめだよ。自分の気持ちを表わすのが下手だったら、川柳の形に乗せて出しちゃおう！

川柳は俺たちがいかに柔軟に考えられるかを試す脳トレでもあるよね。寝っ転がっていても作れるのが川柳。でも、ボケたらできないのも川柳なんだよ。

さあ、ババァに負けず、俺たちジジィもドンと愉しんでいこうじゃねぇか。

毒蝮三太夫（マムちゃん）

本書収録の川柳は、宮城県仙台市で発行されている高齢者向けフリーペーパー『みやぎシルバーネット』に連載の「シルバー川柳」、および河出書房新社編集部への投稿川柳作品から構成されました。

投稿者はみな、六十歳以上のシニアの方々です。お名前の下の年齢はその作品が投稿された時点のお年です。

また、今回は一冊まるごと「ジジィ川柳」ゆえ、男性からの投稿作品のみ掲載いたしました。

シルバー川柳　特別編

ジジィ川柳

くしゃみして
便座に入歯
落ちにけり

佐々木弘（90歳）

便所は、口に入れたものを最後に落とすところだぞ。飛び込んじまうとは、せっかちな入れ歯だな。

裏《うら》木《き》戸《ど》の鍵を開けたら妻がいる

佐々木義幸（70歳）

ギョギョッ！　でも、かみさんも実は、今帰ったところなんじゃないの?!

ルールブック
昔はオレだ
今女房

二木基保（85歳）

これまで錯覚して生きていたんだ。幸せだったな〜。昔っから女房がルールを作っていたんだ、やっと気が付いたか！

共学の女子が牛耳《ぎゅうじ》る同窓会

大場 敬（77歳）

若くても老《ふ》けても、あの世でも
女子が強いんだよ。

男子校同窓会にお姉《ねえ》いる

堀江喜代彦（67歳）

これで立派に男女共学になったんだよなぁ!!

対向車　お互い恐《こわ》い　シルバー印《じるし》

佐々木義幸（69歳）

お互いにボケて右車線を走っていれば大丈夫？　そうすれば事故は起きないかもな！

今死ねぬ冷蔵庫の中ひどいもの

那須武志（85歳）

どんだけ賞味期限切れを冷やしてるんだ!! 生き返ってきれいにしてみろ！

欲《よく》の皮《かわ》頑《がん》固《こ》ジジィに染《し》みついて

矢野つとむ（71歳）

欲の皮が突っ張っているから、
ここまで来られたんだぜ。

まだまだ現役！

チョイ悪オヤジィの部屋

いくつになっても、艶を忘れぬジジィでありたいもの……

ちょいワルと
言われニタリと
エロジジィ

浅利勝志（74歳）

エロジジィってのはちょいワル
じゃなくて、本当は大ワルなん
だぜ。ほら、ニタリ、だろ？

若い娘《こ》の
顔見て胸見て
ヒップ見て

松田凡徳（79歳）

かっこつけてるな〜。俺だったら逆から見るぞ。そしてババァの前では目をつむる！

シニアでも欲《ほ》しいと言われ目がたれた

中田利幸（62歳）

ふーん。きっと、財産目当てなんだな。気をつけろよ！

今は昔
十代の性典《せいてん》
若尾文子《わかおあやこ》嬢

土田光（78歳）

俺も高校生役で出ていたんだよ。若尾さん、南田さんの水着姿がまぶしかったな。

和服女
ミニに負けない
艶《つや》ふかし

鈴木實（80歳）

チラリがいいんだ。洗い場より脱衣所のほうがエロいもんだよ。

日々元気
妻は卒業
俺悶《もん》悶《もん》

豊田真次（72歳）

どうせ男のほうが早く逝《い》くんだから、妻に看取ってもらえるように仲良く過ごそう。悶句《もんく》あるか!?

週刊誌
爺《じ》ィもつい見る
ヘアヌード

山路清一（74歳）

ジジィの頭もヘアヌード。

萌《も》える恋
妻を横目に
夢を見る

村上重作（75歳）

男は死ぬまで恋をするんだ。どんないい女房がいたって男は浮気するらしいゾ。夢なら可愛《かわい》いもんじゃないか。

この歳で
四十路《よそじ》の女《ひと》に
恋をする

北村亮三（74歳）

いいぞいいぞ！　だったら八十路《やそじ》の人妻とも恋に落ちろ！　四十路2人分だ！

老《お》いらくの
恋にうなされ
三日《みっか》熱《ねつ》

佐藤英雄（80歳）

デング熱じゃなくて良かった。3日でさめるなら恋わずらいしてみてぇな。4日めにまた別の恋!?

孫娘《まごむすめ》いるのでこの世未練あり

山本利治（76歳）

孫娘が嫁に行くまで長生きしたくなるよな。どうせなら、ひ孫を見るまで頑張ろう。

小さい手
引いて楽しむ
バスの窓

保志 豊（64歳）

「あそこは昔、川だったんだよ」
「雑木《ぞうき》林《ばやし》があったね」とか仲良く
話しながらバスに乗っているん
だろうなぁ。小さい手のために
も長生きしろよ！

足《あし》腰《こし》も弱り都会の森へ越す

吉川 勇（70歳）

象は死ぬ時に森の奥に消えていく。都会のビルが立ち並ぶ森も、なぜか墓に見える時があるね。

老二人
元気でいよう
五《ご》輪《りん》まで

矢野つとむ（71歳）

五《ご》輪《りん》が過ぎたらご臨終《りんじゅう》、そうは
ならねぇようにな。

もういやだ
仲良く出来ぬ
恐《こわ》い妻

加茂昭六郎（72歳）

奥さんのほうも「もういやだ
仲良く出来ぬ　ダメ亭主」って
言ってるかもしれねぇぞ！

暗《くら》闇《やみ》に薄《うっす》ら妻の薄笑い

石川 渓（72歳）

ゾ〜、でも夏には涼しくっていいよな、冷房要らないエコ夫婦だよね。

今が旬《しゅん》使い古したバスタオル

山路清一（74歳）

ジジィは使い古しかい？　男の旬だぜ！　ボロ雑巾にだけはなるなよ。

呆けても父は凄《すご》いと言わせたい

中田利幸（62歳）

ボケたふりしてみな。きっと凄いボケジジィだと尊敬されるぞ。

誓《ちか》います　飲酒　喫煙　続けます

高木　優（73歳）

いいね～、どうせ人生死ぬまでの暇つぶし。生きている間は、思う存分、好きなことすればいいんだ。続けろ、続けろ！

サービスも昔はナイト今はデイ

西堀健造（88歳）

サービスはするとされるは大違い。ナイトサービスもがんばってみよう。もう無理か?!

やき芋《いも》を
腰《こし》にまいてる
冬《ふゆ》散《さん》歩《ぽ》

堀江武比古（64歳）

ズボンに焼き芋を入れて歩こう。「あなたの立派ね」って言われるぞ。

やせ細り
つららが涙
こぼす春

池田東一（75歳）

つららを自分に見立てているのかな！　泣くな、冬に耐えたら春はもうすぐそこだ。

冷蔵庫
首を入れたく
なる猛《もう》暑《しょ》

上杉義弘（82歳）

体全部入れたらもっと涼しいぞ、あッ、でもドアを閉めたら死んじゃうぞ！

長《なが》説《せっ》教《きょう》爺ちゃんジジィに変わる時

齋藤 宏（85歳）

先が短くなると、話が長くなるんだよな。お互い、気をつけようぜ！

いい音だ
朝の一発
屁《へ》長調

舟橋信次（76歳）

屁《へ》い力《りょく》あるね〜。戦時中なら、
兵力増強だぁ。

老後とは
この辺それとも
この先か

鈴木 實（81歳）

自分で「今が老後」と思わなければ、一生、老後が来ない人生もあるんじゃない？　自分次《し》第《だい》だよな。

老人会
三人寄れば
爺《じ》々《じ》放《ほう》談《だん》

村國誠（71歳）

ジジィ3人でトランプしていたんだろう！「ババ抜き!!」。

お互いに弔辞を頼む仲となり

齋藤　宏（85歳）

同時に死ねば、お互いに弔辞を読まなくて済むぞ。

欲《ほ》しいもの
今やぴんぴん
ころりだけ

村山定男（79歳）

ころりと死んだら、はた迷惑だ。倒れて1週間くらいは生き続けて、皆が疲れたころにくたばろう。

孫《まご》生まれ ジイジ・ジイチャン 小声で試《ため》す

本郷泰弘（76歳）

爺さんと呼ばれたくないんだな。俺は大声でジジィと呼ぶぞ！孫にそう言え！

予定表
孫のくる日と
通院日

同級生の命日も書いておこうぜ。

佐々木孝郎（86歳）

誉《ほ》められて
おだてられたら
家事が増え

原子 永（69歳）

女房からおだてられているうち
が、花だろう。

へそくりをはさんだ雑誌処分され

松本富雄（78歳）

はさんだ自分が悪いんだ。金は使ってこそ活きる。はさまずにパァーッと使っちまえばよかったのになぁ。

定年は会社じゃなくて妻の許可

中田利幸（62歳）

亭主は会社で怯《おび》え、うちで怯えて…気の毒だね。若き怯えてる（ウェルテル）の悩み。

熟年の離婚がさせた一人《ひとり》旅《たび》

高橋 勝（70歳）

離婚するなんて度胸あるな！
いずれまた、２人旅になること
を祈る。

【親父の思い出】

俺の親父は横浜市戸塚の分家の農家出身。11人兄弟、男9人で5番目の生まれ。

小学校時代にはいじめや生活苦から、弟を道連れに死のうとした。横須賀線の枕木に頭を並べて電車を待ったがなかなか来ない。弟があんまり泣くから心中をあきらめたそうだ。電車が早く着ていたら、俺はいない。

小学校を出た後、親父は小田原の寄木細工職人に弟子入りしたが、関東大震災（大正12年）に遭って大工に転身。大阪へ出稼ぎに行って4歳年上のおふくろと所帯を持った。おふくろは戦争未亡人で2人の子持ちだった。俺は大阪で生まれて1歳で品川へ、そして、太平洋戦争を迎えた。

戦時中は食糧難。夜、トタン屋根の上へカサカサッと栗が落ちてきたと喜んでいたら、

大工の親父、口が巧いの。棚が落ちてきたって文句があれば「なんか載せたんじゃないだろうな」って、すっとぼけてた。

「栗は夜動くんだ。あいつら〝イガ（伊賀）〟もんだろ」って親父がシャレのめすんだ。空襲に遭い、家の屋根に焼夷弾が落ちてきて家族そろって焼け出されたときには、**「ここが火事だっていうのは、火を見るよりも明らかだ」**って。親父は冗談か本気なのかいつもわかんねぇんだよ。この親にしてこの俺ありだね。

夫婦そろって下町育ちだから口は悪かったね。おふくろのことを**「たぬきババァ」**、と親父が呼べば、おふくろも親父を**「ゴリラに似ているからゴリ」**と言い返す。それでもって俺が**「子だぬき」**から**「マムシ」**になっただろ。**動物一家だよなぁ**。おふくろが結核で入院したら親父は先生に「この辺にいい火葬場ありませんか？」って。そして死んだら「たぬきババァくたばる」と過去帳にきったねぇ字で書いて坊さんを呆れさせていたよ。

そんな親父が重い病気になった。見舞いに行ったら俺のことを「マムシさんかい」って〝さん〟付けして呼んだんだ。それを聞いて、ああ、もう親父は助からないと悟ったよ。

たぬきババァ　くたばったぞと　過去帳に

毒蝮三太夫

恐《きょう》竜《りゅう》に
似《に》たる姿の
爺《じい》となる

板橋敏男（85歳）

ボケザウルスにネタキリドン、
子供に人気がでそうだな。

愚《ぐ》痴《ち》相手
猫も察して
横を向く

佐々木義幸（69歳）

夫婦《ふうふ》喧嘩《げんか》は猫も食わねえんだな。

あこがれた
健《けん》に文《ぶん》逝き
爺ィ淋し

二木基保（85歳）

そんなに淋しいんなら、早く会いに行け！

やすらぎよ
ひかりよ
とくかえれかし……

ゴジラ君
真剣《しんけん》に観《み》た
昭和の日

堀江喜代彦（66歳）

ゴジラは水爆《すいばく》実験から生まれた怪獣《かいじゅう》だ。原発事故が次に起こったら、どんな怪獣が生まれるのか……恐ろしいな。

わが道を行くと豪語《ごうご》し道迷う

今野義朗（89歳）

もともとわが道なんてないんだよ。人生は行き当たりばったりだ。あの世だって迷い道ばかりかもな。

根性と
悔《くや》し涙《なみだ》で
今の幸《さち》

宮崎助男（72歳）

昭和の男だね。平成にも通用してほしいね。根性のある男は強えぞ！

お爺さん
過去はあるけど
先はない

兎原健夫（80歳）

過去があっただけいいじゃないか。でもあと百年先があったら大変だよ！

犬よりも愛情注《そそ》いでこの俺に

堀江良彦（71歳）

犬のほうが可愛《かわい》いんだから仕方ないよ。犬を見習ってもっと素直な男になれば、きっと散歩に連れてってくれるぞ。

ハゲ爺に悪人なしとハゲが言い

岡本宏正（73歳）

禿《は》げている奴は悪徳商人にはならねぇんだぜ、だって、「もう毛がないもん」。

まあ食べる
長生きするね
死なないよ

古田正吉（88歳）

食べられるのはいいことだ。口から食べて下から出す。人間らしくていいじゃねえか、ウンと生きよう！

しびれるよ
女にではなく
手足がさ

中鉢紀雄（74歳）

これからずっと、しびれる人生だ。お互い辛いね……。

腹《はら》ばいになって孫とのいい話

志鎌清治（88歳）

もし腰がくの字に曲がっていたら、腹ばいは大変だっただろう。ラジオ体操でよ～く伸ばしておこう。

傷《きず》だらけ男の過去は聞かないで

乗兼佑司（70歳）

スネにキズ持つ男だね。そういえば、女のスネにキズとは言わねえよな？

人生の裏を見て来た目を洗う

志鎌清治（89歳）

目を洗ったら表が見えたかい？
裏稼業《うらかぎょう》からは足を洗わないとな。

赤紙が来て終わったと爺《じい》の恋

佐々木孤松（76歳）

大好きな一句だね。赤紙はすべて白紙（はくし）になっちまったけれどな。

あの婦人《ひと》と又逢ったら血が躍《おど》る

遠藤敏雄（85歳）

「婦人」とは時代を感じるね。今や婦人警官は女性警官、看護婦は看護師と呼ぶ時代だ。で、その婦人の方は血を躍らせてくれるかな。

老《おい》の恋
若さにほれて
おそろしい

菊地 正（72歳）

恋は恐《おそ》ろしく、辛《つら》く、切なく、
楽しいもんだ。燃えろ燃えろ、
焦がれ死ぬまで。

八十路過《やそじ》ぎ
恋のかけらを
ポケットに

上杉義弘（83歳）

どうでぃ、高齢者は詩人だろ。
いいぞいいぞ、がんばろう！

同級生 元気な奴ほど 先に逝き

舟橋信次（76歳）

イヤな奴ほど　後に逝き〜。

サバイバル めいて来るよな 同窓会

田村蒸治（73歳）

こいつ俺より老けてるな、なんて、ついついハラん中で思っちゃうよな。

俺の死後
香《こう》典《でん》返しを
ケチるなよ

加茂昭六郎（72歳）

2倍3倍返しても、後世に名は残らないぞ？　見栄っ張りもほどほどにしとこう。

ご投稿規定

・60 歳以上のシルバーの方からのみの
ご投稿に限らせて頂きます。

・ご投稿作品の著作権は弊社に帰属致します。

・作品は自作未発表のものに限ります。

・お送り下さった作品はご返却できません。

・投稿作品発表時に、
お名前とご年齢を併記することをご了解ください。

発表

● 2016 年春に刊行予定の書籍
『笑いあり、しみじみありシルバー川柳 その 6（仮題）』にて、
作品掲載の可能性があります。
（ご投稿全作ではなく編集部選の作品のみ掲載させていただきます）
なお、投稿作品が掲載されるかどうかの個別のお問い合わせにはお答えできません。何卒ご了承ください。

ご投稿方法は裏面に

ご投稿方法

●はがきに川柳（1枚につき5作品まで）、郵便番号、住所、氏名、年齢、電話番号を明記の上、下記ご投稿先にご郵送ください。

●ご投稿作品数に限りはありませんが、はがき1枚につき5作品まででお願いします。

＜おはがきの宛先＞

〒151-0051
東京都渋谷区千駄ヶ谷2-32-2
（株）河出書房新社
編集部「シルバー川柳」係

＊皆様からお預かりした個人情報は、他の目的には使わず責任をもって管理致しますが、書籍『笑いあり、しみじみありシルバー川柳　その6（仮題）』で作品発表時には、お名前とご年齢を作品とともに公表することをご承知おきください。勝手ながらペンネームでの作品公表は差し控えさせていただいております。ご理解いただけますようお願い致します。

また、頂いたご住所に弊社から『笑いあり、しみじみありシルバー川柳　その6（仮題）』の発売日のお知らせのお手紙をお送りすることがございます。何卒ご了承ください。

皆様からの作品のご投稿、
どしどしお待ちしております！

（株）河出書房新社　編集部「シルバー川柳」係
〒151-0051　東京都渋谷区千駄ヶ谷 2-32-2
http://www.kawade.co.jp/
電話　03-3404-8611
（平日 10：00~17：30　土日祝日休）

60歳以上の方のシルバー川柳、募集中！

さあ、あなたの「笑いあり、しみじみあり」を、川柳にしてご投稿ください！

『笑いあり、しみじみあり　シルバー川柳』ご愛読ありがとうございます。
シルバーの皆さんの今回の傑作選、いかがだったでしょうか？
「これなら私も詠めるかも」「もっとどんどん詠んでみたい！」そんなの皆様の熱いお声を頂戴し、
シルバー川柳の作品投稿を受け付けております。
ご投稿作品は、次回『笑いあり、しみじみありシルバー川柳　その6（仮題）』にて、
掲載の可能性があります。皆さまからのご投稿をお待ち申し上げます！

ゲリラ雨
三途《さんず》は川止《かわど》め
するのかな

浅谷 寿（81歳）

川止めで大水が出て流されちゃうこともあるからな。あっちにだけは近寄るな。

酒《しゅ》豪《ごう》友
盃《さかずき》持たず
淋しそう

遠藤敏雄（86歳）

酒が飲めなくなっても水杯《みずさかずき》は持たすなよ、会えなくなっちゃうからな。

四十年お年賀だけの友訃《ふ》報《ほう》

加藤義幸（84歳）

いつか会えると年賀状だけは出し続けていたんだもんな。会いたいと思った時に会っておこうぜ！

母さんや
子供等《ら》巣立った
名前呼ぼう

星 明(65歳)

名前で呼ぶと女房は若返る、ヨネでもトメでもクマでもな。「ところでお前の名前なんだっけ?」だけはやめとけよ。

ちゃん付けて
古妻《ふるめ》名《な》で呼び
共《とも》に照れ

安達董（72歳）

その勢《いきお》いでセーラー服を着せて
やれ。

恐《こわ》いもの
死ぬことよりも
病気です

秋葉秀雄（67歳）

そりゃあそうだよ。健康であれば、命もいらねぇぜ（笑）。

検査後のドクター言葉が恐ろしい

那須武志（85歳）

最近は、医者も演技力があるから安心しろ。お世辞のひとつも言ってくれるだろう。

遍路《へんろ》旅
名物気になり
気もそぞろ

浅利勝志（74歳）

大師さまも、「これ空海（食うかい）」って、言ってくれるさ。

露天風呂
傷を見せ合う
湯気の中

今野義朗（88歳）

まるで戦国時代の湯治場だな。暴力団の温泉旅行じゃないだろうな。

ガイドより杖《つえ》が頼りの旅行会

高澤昭市郎（88歳）

杖は人生のガイドです。だって、杖のほうが、いつだって先に行くだろう。つえ（杖）〜味方だ！

「好かれたい」と思う自分にムチを打て！

二郷徳夫（83歳）

そんなこと言わずに、好かれればいいじゃないか。無《ム》知《チ》な自分にムチを打て！

好かれねど嫌われない老人《ひと》になれ

山家一生（83歳）

そうそう、その通り！ 特にジジィは明るく・楽しく・かっこよくだよ。

誰よりも
今なによりも
髪《かみ》愛す

中山尚平（73歳）

生《は》え際《ぎわ》が後退する「滅びゆく大草原型」と、てっぺんが禿《は》げて周りが残る「青い珊瑚礁《さんごしょう》型」がある。いずれにせよ、残った髪は愛《いと》おしい。

夢でない
寝たまま体
すっと浮く

三浦 和（87歳）

教祖になったら儲かるぞ。人生
浮き浮きだな。

友みんな
旅立ち妻を
友とする

小野寺廣明（84歳）

デイサービスや病院の待合室で
同世代ともしゃべろうよ。テレ
ビとだってしゃべってもいいぞ。

禿《は》げ頭
はえもとまれぬ
すべり台

どうりで。首の後ろでハエが死
んでらぁ。

山田新一（74歳）

逃《に》げ延《の》びた
ゴキブリ隅《すみ》で
笑ってる

高森雅彦（92歳）

あっ逃げられた、ゴキブリめ！
シャクにさわるよな。ゴキブリ
よりもしぶとく生きのびろよ！

食欲と糖《とう》尿《にょう》いつも葛藤し

佐々木義幸（70歳）

今日は食い過ぎたから、明日は控えよう。俺もその繰り返し。毎日が反省会。

食べたいが血液検査間近なり

猪俣芳榮（71歳）

でも辛抱《しんぼう》して検査の後に食うのは旨いんだよなぁ。

付添《つきそ》いが食べたと知らずナースほめ

松田凡徳（80歳）

俺が入院した時は、病気を治すための食事だと言われて、がんばって食べたぞ。しっかり食えよ！

献立に文句を云わず五十年

今井久男（83歳）

毒の入っていない献立をタダで作ってもらえるんだから文句はなし！　当たりめぃだ。

腹《はら》八分
現在《いま》は六分で
大元気

三浦和（87歳）

エコ人生で結構けっこう。燃費がいいね。ついでに年も六分で50歳くらいにしておこうぜ。

おかずより
食べた食べない
その問題

笹生守（65歳）

物欲、性欲、食欲。最後まで残るのが食欲。食い意地が張っているのは生きている証拠だ。

肝試《きもだめ》し
ろくろ首より
蚊《か》が恐《こわ》い

門馬旭（80歳）

そうだよな、ろくろ首は刺さないもんな。巻き付くだけだ。

忘れてた久方ぶりのデング熱

木下昭二（87歳）

戦時中にもあったんだな、デング熱。最初はてっきり鼻を折られちまうのかと思ったぜ、そりゃテング熱か！

リタイア後重宝《ちょうほう》される事情通

阿部良一（71歳）

みんなの役に立てる奴は、モテるぞ。でも、どんな事情通？俺も知りたい！

元部下をさん付けで呼ぶ再雇用

正能照也（68歳）

悔しいから「○○君」さんって
呼んだらどうだい？

【まむし流ジジィ健康法】

長生きするためには内臓がいい、食事のバランスがいいこと。そして運動を楽しむ生活をする。それも、無理していないということが大事なんだろうね。

転ばない筋肉作りのために、朝起きたら**5分間のストレッチ**は欠かさないようにしてる。左足を右のほうに組んだら、上半身は左へ回す。今度は逆。さらに斜め腕立て伏せに腹筋だね。サンルームで朝日を浴びながらやってるよ。

素足に下駄は、足の裏のツボを刺激する。脳の働きを良くするらしいぜ。

よく「忙しいでしょう」と言われるけれど、3日に1回はスポーツクラブにも通っている。

〝昔のお嬢さん〟たちが元気にバタフライしている脇で、俺も**地味に水中ウォークしたり、エアロバイクに乗ったり**。膝の軟骨がすり減っていても、太ももの筋肉がヒザをカバーしてくれるんだって。だからヒザを持ち上げるあたりの筋肉を俺は鍛えているんだ。80歳になったら筋肉がつかないなんて嘘だよ、鍛えれば結構つく。その証拠に最近、ズボンの太ももものところが、パンパンになってきつくなってきたもの。**今は転ばなくなったよ**。

それにストレスを溜めないことも大切だね。朝のラジオでババァたちをいじめて**憂さ晴らし**しているのがいいストレス発散になっているよ（笑）。番組の20代の女性アシスタントたちには俺の滑舌が悪くなっていねぇか、同じことを繰り返して言っていねぇか、チェックしてくれよと頼んでいるんだ。皆、よく笑ってくれ、俺の介護をしてくれている（笑）。

特に家庭内でストレスを抱え込むのは、心にも体にも悪い。だから、一番健康にいいのは、夫婦仲が良いってこと。カミさんの目が弱いので、**きれいな緑を見せたくて**1ヶ月に1回はドライブにいくよ。鎌倉や八ッ岳とか、非日常的なところへも一緒に足を向けるんだ。奥さんを大切にすることが、自分の健康維持につながっているのかもしれないな。

そうそう、たまには、六本木で遅くまで飲んだりする。これぞ**「規則正しい不摂生」**だな（笑）。

妻の愚《ぐ》痴《ち》
やさしく認《みと》め
したり顔

佐々木孝郎（86歳）

優《やさ》しい亭主、出来た亭主と自画自《じがじ》
賛《さん》かい。でも女房には、もっと
もっと心から優しくしてやれよ。

ありがとう
一言《ひとこと》云《い》えず
あの世かな

長内正治（74歳）

へそ曲がりで、生きているうちは感謝の言葉を言いたくなかったんだよな。死んでからありがたみがわかるとは。

「愛してる」
還《かん》暦《れき》過ぎて
「ありがとう」

正能照也（68歳）

若い時から「ありがとう」って言っていたら人生変わっていたぞ。

あと五年
一緒にいたい
俺と妻

堀江良彦（72歳）

五輪まで　一緒にいたい　二輪草（俺作）

酒タバコ
断《た》った途《と》端《たん》に
病《やまい》増え

石橋明雄（77歳）

ストレスのほうが怖《こわ》いってことだな。酒やタバコにも、いいこともあったのか。

真似《まね》するな
息子《むすこ》をしかる
酒の量

清野輝夫（84歳）

大酒飲みで出世した奴はいない、でも、全然飲まない奴で出世した奴もいない。酒の量はほどほどがいい、わかっちゃいるけどね。

裏はないと言う人に限り裏がある

本郷泰弘（76歳）

本当に、裏ばっかしの奴もいる。

「これがほんとのオモテなし」。

あの人が
まさか詐欺《さぎ》に
遭《あ》うとはね

鈴木 實（81歳）

人生には「まさかの坂」がまだ
まだ、あるんだな。

伸びしろが増えて欲《ほ》しいよ脳《のう》細《さい》胞《ぼう》

工藤歩洋（62歳）

腸《ちょう》じゃないんだから、脳は伸びないよ。第一、脳はシワが多いほうが利《り》口《こう》でしょう、顔と違って。

多機能に修理機能をつけてくれ

田村蒸治（73歳）

多機能を使えるのは相当高いレベル。俺は使いこなせない。わかりやすい能書きが先に欲しいぜ。

老人は昨日できても今日できぬ

植野静夫（90歳）

昨日今日で老化したんじゃない。しかも1日1日進んでいるんだから、何があっても不思議じゃないんだ。

遠くでもジジイはマゴを見てござる

佐藤健三（89歳）

遠くから、マゴもジジィを見てござる。お互い心配しているんだろう。

孫就職《まごしゅうしょく》
あとは己の
汗で咲け

梁川正三（85歳）

泣かせるねぇ。汗という水で咲くか枯れるか……。

家長でも
洗濯ゴミ出し
ヂヂの役

西潟作治（77歳）

人の役に立つのが、真の家長ってもんだぜ。ところでババは何やってるの？

貧乏を笑って暮らせる妻が居る

小野寺廣明（83歳）

そうとも笑顔はタダだからな。
笑顔に勝《まさ》る化粧なし。

同窓会
アラ！またあるのと
疑《うたが》われ

中沢常夫（78歳）

いろいろ謀《はか》っていたとしても秘密にしておけよ。謀《はかりごと》は密なるを以《もっ》てよしとす。

クラス会
最後のひとは
誰だろう

兎原健夫（80歳）

アミダくじやって、賞品だそうや。

身内の死
自分の死より
恐怖感

古市 啓（68歳）

身内、特に女房に先に逝かれたら大変、何でもできる自分になっておかねぇとな。俺は何にもできないからなぁ……。

ありがとう
今日も一日
長く生き

志鎌清治（89歳）

本当ホント。セミやトンボなら生きている1日1日がもっと貴《き》重《ちょう》だよ。人間は今日1日生きられることにもっと感謝しよう。

除《じょ》夜《や》の鐘《かね》
願いと皺《しわ》が
増える音

柳澤 清（71歳）

ゴ〜ンと鳴ったらシワも去りぬ。そう思って鐘の音を聞こうぜ。Gone《ゴーン》 With the Wind〜風と共に去りぬ。

何も無い
俺の人生
悔いも無い

石橋明雄（77歳）

さっぱりしていいじゃないか。
〝いない・いない・ジィ！〟

八十路《やそじ》坂
どこから見ても
ゆがんでる

守屋輝雄（86歳）

真《ま》っ直《す》ぐのところでもゆがんで見えちゃう、年のせいだな。
でも、心がゆがんでなければ、
大丈夫だ。

高速道今日からやめた80歳

加藤いさお（84歳）

一般道だって怖いぞ〜。ババァや自転車が飛び出してくるんだから。

墓守《はかもり》の話になると子ら黙《だま》る

浅利勝志（74歳）

墓の中に全財産埋めとけば？
ツタンカーメンみてぇに。

浮《うわ》ついた息《むす》子《こ》に親の気が沈み

門馬旭（80歳）

自分に似たんだな、このダメ息子は…と思って見守ってやろうぜ！

恐妻も逝ってしまえば佛《ほとけ》顔

宮坂 正（89歳）

最近の遺影は写真の修整が上手《うま》いからな。

愛犬ベルの位牌《いはい》も並ぶわが仏壇

阿部 章（90歳）

「なんで俺の位牌のほうが犬より粗末なんだよ」ってか。いやいや、並べてくれただけ感謝しよう！

お互いに裏《うら》方《かた》となる老い二人

今井久男（83歳）

あの世に行ったら、また表方になればいい、主役に返り咲いたらどうなんだい。

爺婆の喧《けん》嘩《か》終われば眠くなる

佐藤和則（84歳）

喧嘩で眠れるんなら、睡眠薬飲むより体にいいじゃねぇか。何ならずっと眠っちゃえ。

元気出せ
白寿《はくじゅ》の母に
励《はげ》まされ

中鉢紀雄（74歳）

母より先に死なないこと！
それが一番の親孝行。

旅先で亡母《はは》そっくりの人に逢う

大場 敬（77歳）

本当のお母さんだったんじゃないの？　むこうも息子そっくりと思ってたりして……。旅は不思議な出会いがあるから面白れぇよな。

身勝手な自分の振る舞い恐くなり

阿部拓二（75歳）

周りに迷惑をかけ続けていたら、地獄へ落ちるぞ。でも、この一句で天国へ行けそうだな。

閻《えん》魔《ま》様
妻より一寸《ちょっと》
先にして

浅谷 寿（83歳）

理想の姿だね。一寸先に死んだ
ほうがみじめにならないからな。

おじいさん
これほど優《やさ》しい
言葉なし

阿部章（90歳）

おにいさん、おじさん、おじいさん
……語りかけてくるようだね。でも
これは「ジジィ」川柳だぞ！

良い土になって子孫を育《はぐく》みたい

立派なこと言うね、子や孫の良
い栄養になりますように。

佐藤健三（89歳）

わが人生
煩悩《ぼんのう》に負け
裏表《うらおもて》

矢野つとむ（71歳）

裏表味わえて、楽しい人生だったと思おう！　裏目に出てばっかりの人もいるんだぞ。

九回の裏に人生ホームラン

松田凡徳（80歳）

9回の裏だと終わっちゃうじゃねぇか。延長戦で行きましょう。

毒蝮三太夫×みやぎの川柳ジィ3人衆
ノリノリ座談会！

「川柳で日本中のジジィを元気に！」

みやぎシルバーネットのシルバー川柳・常連ジィさんが集合！
頭（禿げ）も心もピッカピカ★の3人衆が、
マムちゃんの毒気に当たりながらも、
わっはっはと楽しいぶっちゃけトークを繰り広げてくれました！

毒蝮「輝いているねぇ、その頭！　昨日今日禿げたんじゃないだろう（笑）」

松田「はい、独身時代から禿げていました（笑）」

毒蝮「若いころからかい。でも案外、禿げていたからモテなかったということは、なかったんじゃないの？　結婚したんだろ」

松田「はい、実は、私、いまでは女房が全国にいます（真面目な顔で）。青森の雅子、岩手の雅子、北海道のまさこは、和子と書いてまさこ……」

毒蝮「**スカルノ大統領**みたいに、第3婦人までいるのかい!?　オイ、この凡徳（ぼんとく）！（笑）」

松田「エキストラ役で坊主の役をやっていまして、地方ごとに妻役がいるんです」

毒蝮「びっくりしたぁ、その頭で3人も女房がいるわけねぇよな」

松田凡徳《まつだぼんとく》さん
（80歳・投稿歴2年）
卓球に土いじり、そして時代劇専門のエキストラと、趣味が多才。禿げネタで、マムちゃんにいじられっぱなし。時事川柳研究会会員。

松田「法事膳　和尚に勝る　禿げっぷり　私が法事の集まりに出ると、本物の坊さんよりも坊さんらしいわねぇって、ひそひそ話をされるんです」

毒蝮「余興で念仏を覚えようぜ。ギャーティギャーティ、坊さんじゃねぇ～禿げているだけ～アーメン…って〆《しめ》るのもウケるぞ（笑）」

一同「わっはっは」

毒蝮「ところで、そこの**こけしみたいな顔**は骨董が趣味なんだって？」

中鉢「はい、女房が亡くなってから骨董商の資格を取って、方々の骨董市を覗いています」

毒蝮「広重や歌麿の浮世絵や宮本武蔵の掛け軸とか、ナポレオンのおまるとかあったかい」

中鉢「掛け軸は100本あれば101本が贋作と言われていて、手

中鉢紀雄《ちゅうばちのりお》さん
（75歳・投稿歴3年半）
国鉄マンから、アマチュアの骨董商へ。お宝自慢は宮城県加美郡発祥の切込焼の珍しい“らっきょうとっくり”。

がだせないですね。骨董以外には同窓会が楽しみですが、先日、替えてくれ入れ歯飛ぶから司会をさ　と言われて、同窓会の司会を押し付けられてしまいました」

毒蝮　「へえ、日本人は、司会がうまいはずだぞ。だって日本は、**四**《し》**海**《かい》に囲まれています」

中鉢　「さすがっ毒蝮さん（笑）！　ところで入れ歯って、本当に飛ぶもんですかね？」

毒蝮　「俺は今でも上下16本ずつ、32本とも自分の歯だから、想像つかねぇな。歯医者からは、人間の歯じゃない**猿人**の歯なんじゃねぇかって（笑）」

加茂昭六郎《かもしょうろくろう》さん
（73歳・投稿歴2年半）

卓球、ハーモニカ、ソフトボール審判とスポーツに音楽と多芸多彩。6人兄弟の6番目だから、昭六郎と命名された。

一同「わっはっは」

毒蝮「女房に先立たれたら、寂しいだろう。毎日、何しているんだ」

中鉢「飲んでカラオケに行って、ストレス発散しています」

毒蝮「**カラオケ**じゃぁ**優しく抱いて**くれねぇだろう（笑）。再婚の話は？」

中鉢「いえいえ。13回忌が終わったら女房は突然、夢にも出てこなくなりましたけど」

毒蝮「凡徳さんの女房は元気なのかい」

松田「それが……要介護2なんです。毎日、女房のご飯作って、手をとって風呂やベッドへ連れていっています。私がいないと困るみたい」

毒蝮「そうかい。仲良く手と手をつないで老後を過ごせるんだ。認知症にも功徳ありだな。女房からすれば、凡徳さんは団十郎みてぇにカッコイイ亭主なんだよ」

チャーミングでモテるジジイを川柳で増やしたいな

加茂「恨むなよ　生保はゼロだが　先に逝く」

毒蝮「それ、残った奴に**ざまぁみろ**っていう気持ちがあるだろう」

加茂「はい。私の句は**恐妻**やバカ息子に向けての句ばっかりです」

毒蝮「どんな奥さんなの？　怖いのかい（笑）」

加茂「今日は毒蝮さんに会えるから嬉しいと言ったら、私はあんたがいないから昼ご飯を作らなくていいのが嬉しいって、言ってくる」

毒蝮「口が達者だねぇ！」

加茂「はい。いつも本ばっかり読んでいて、私が誤字脱字を書こうものなら……（ブルブル）」

毒蝮「**紫式部を奥さんにした**と思えばいいんだよ、

紫式部を
女房にした
気分はどうだぃ

文学少女だから、ロマンチックな贈り物をしてあげたらウケるぞ」

加茂「私、もうすぐ金婚式で、なにか贈り物をしたいと思っているんですが」

毒蝮「へぇなんだい、女房孝行じゃねぇか。ちょっとした演出をするんだよ」

加茂「演出……ですか？　毒蝮さんはどんな？」

毒蝮「夜、ふらりと外に出て、おい流れ星を掴《つか》んだよって戻ったんだ。ほらこれって、冬ソナに出てくるポラリスの星のペンダントを贈ったら、女房は大感激、俺を**ヨン様**って（笑）。俺も女房をチェ・ジウって（笑）。昭六郎さんも卓球選手なんだから、女房の心に**ピンポン**しろよ」

加茂「難しそう……私は川柳に費やすひとりの時間こそが**オアシス**ですね」

毒蝮「川柳を創るって、心で思ったことや身近にあったことを詠んで、人を笑わすことができる楽しい作業だよな」

中鉢「私にとって川柳は、生きるはりあいです」

毒蝮「頭を使って人を笑わせて幸せにできる、それはモテるジジィのテクニックだよ。
俺はね、川柳で洒落が分かる、チャーミングなジジィを増やしたいの。
100歳まで川柳書いて
楽しくてモテるジジィのお手本で
いてくれよな。お手本だぞ！　標本じゃないぞ！
この楽しい3人ならきっと大丈夫だ」

毒蝮三太夫（どくまむし・さんだゆう）

俳優、タレント。昭和11年3月31日、東京・品川生まれ、浅草育ち。本名：石井伊吉。日本大学芸術学部映画学科卒業。12歳で俳優デビュー。「ウルトラマン」などに出演。昭和43年「笑点」出演中に立川談志の助言で芸名を毒蝮三太夫に。昭和44年からはTBSラジオ「ミュージックプレゼント」のパーソナリティとして活躍。「ジジィ、ババァ！」と愛ある毒舌のマムシ節が受け、45年以上続く超長寿コーナーに。またNHK　Eテレ『ハートネットTV』の「介護百人一首」司会や講演会など幅広く活躍中。聖徳大学客員教授。愛称「マムちゃん」。
http://www.mamuchan.com/

みやぎシルバーネット

1996年に創刊された高齢者向けのフリーペーパー。主に仙台圏の老人クラブ、病院、公共施設等の協力を得ながら毎月36000部を無料配布。内容は、高齢者に関するさまざまな話題を特集記事で提供する他、イベント情報、サークル紹介、防犯情報、遺言相談、川柳、読者投稿など。　http://homepage2.nifty.com/silvernet/

イラスト	もりいくすお
写真	千葉雅俊
ブックデザイン	GRiD（釜内由紀江、石神奈津子）
取材、構成	毛利恵子（株式会社モアーズ）
Special thanks	川柳作品をみやぎシルバーネット『シルバー川柳』、及び河出書房新社編集部に投稿して下さった皆様

シルバー川柳　特別編
ジジィ川柳

二〇一五年九月二〇日　初版印刷
二〇一五年九月三〇日　初版発行

著者　毒蝮三太夫
みやぎシルバーネット、河出書房新社編集部
発行者　小野寺優
発行所　株式会社河出書房新社
〒一五一―〇〇五一
東京都渋谷区千駄ヶ谷二―三二―二
電話　〇三―三四〇四―八六一一（編集）
〇三―三四〇四―一二〇一（営業）
http://www.kawade.co.jp/
印刷・製本　三松堂株式会社

ISBN978-4-309-02405-9　Printed in Japan

落丁・乱丁本はお取り替えいたします。

本書のコピー、スキャン、デジタル化等の無断複製は著作権法上での例外を除き禁じられています。本書を代行業者等の第三者に依頼してスキャンやデジタル化することは、いかなる場合も著作権法違反となります。

大好評既刊!

河出のシルバー川柳シリーズ

みやぎシルバーネット
＋河出書房新社編集部

すべて60〜90歳代の
リアル・シルバーが詠んだ傑作選です!

第1弾 笑いあり、しみじみあり シルバー川柳
●952円＋税 ISBN 978-4-309-02152-2

第2弾 笑いあり、しみじみあり シルバー川柳 満員御礼《まんいんおんれい》編
●952円＋税
ISBN 978-4-309-02199-7

第3弾 笑いあり、しみじみあり シルバー川柳 一期一会《いちごいちえ》編
●952円＋税
ISBN 978-4-309-02243-7

第4弾 笑いあり、しみじみあり シルバー川柳 七転び八起き編
●926円＋税
ISBN 978-4-309-02312-0

第5弾 笑いあり、しみじみあり シルバー川柳 人生劇場編
●926円＋税
ISBN 978-4-309-02378-6

シルバー川柳 特別編 バババァ川柳

毒蝮三太夫
＋みやぎシルバーネット 河出書房新社編集部
●926円＋税 ISBN 978-4-309-02292-5

傑作112句＋
マムちゃんの
毒舌&愛情コメント付き

河出書房新社